DODELIJKE ROMANTIEK -

Lisa Jhon Pulitzer

MANSOOR NAVEED

DODELIJKE ROMANTIEK

Door

Lisa Jhon Pulitzer

TITELPAGINA

Inhoudsopgave

DANKBETUIGING

Allereerst wil ik mijn medeleven betuigen aan de familie en vrienden van Nancy Linda Richards Akers en Jeremy Ray Akers, wiens leven onherroepelijk is veranderd door deze verschrikkelijke tragedie.

Aan Finny, Zeb en Isabelle, de echte slachtoffers, die hun geliefde ouders hebben verloren, hoop ik oprecht dat ze mogen blijven genezen en dat ze alle speciale eigenschappen die hun ouders zo dierbaar maakten door hun vrienden en familie, zullen koesteren.

Ik betuig mijn oprechte dank aan alle vrienden, familie en medewerkers van Nancy en Jeremy Akers, die bereid waren om met mij over het paar te praten.

Dank aan Finny Akers, Emily Karoyli, Kinley Mac-Gregor, Marvin Moser, Adam Lenkin, Avery Drake en de anderen die ervoor kozen anoniem te blijven.

Na bijna tien jaar de misdaad te verslaan, heb ik geleerd dat er geen personen zijn die meer behulpzaam zijn voor een journalist dan de politieagenten die de beat bewerken. Dat is weer eens waar gebleken.

Mijn dank aan Sgt. Joseph Gentile en Officer Anthony O'Leary van het Public Information Office van de DC Metro Police Department die hun best deden om aan mijn verzoek om informatie te voldoen.

Aan sergeant Michael Farish van het tweede district, die optrad als hoofddetective en supervisor in de Akers-zaak, spreek ik mijn diepe waardering uit voor zijn tijd, eerlijkheid en integriteit.

Dank aan de Amerikaanse parkpolitieagent Vincent Guadioso, die zich beschikbaar stelde voor een interview en die openhartig was met zijn informatie en herinneringen. En aan sergeant Robert Mclean van het Office of Public Information.

Aan Gunny Sergeant Phil Mehringer, Operations Chief, Division of Public Affairs, van het hoofdkwartier van het US Marine Corps, en luitenant David Nevins, bedankt voor uw hulp en opportuniteit bij het verstrekken van de staat van dienst en informatie met betrekking tot kapitein Jeremy Ray Akers.

Waardering en dankbaarheid voor Elizabeth Burt van de Sheffield Public Library, en Judith Reinfeld en Flo Sin-sheimer van de Scarsdale Public Library.

Aan Alan Soschin wil ik mijn oprechte dank betuigen voor uw tijd en inzichten.

Ik ben dankbaar en trots op Dennis "Dawg" Thun en Tom Downes, die onbaatzuchtig ons geweldige land hebben gediend bij het United States Marine Corps, en hun ervaringen met mij hebben gedeeld.

Met oprechte dank aan Nancy's mede-romanschrijvers, Mary Kilchenstein, Kathleen Gilles Seidel, Katherine Karr en Ann Marie Winston, die er allemaal mee instemden om met mij te praten om

Nancy's drie kinderen te leren hoe bijzonder hun moeder werkelijk was.

Een speciaal woord van dank gaat uit naar Jeremy's oude vrienden, Don Boswell, zijn kamergenoot in de rechtenstudie, Bill Ranger, een toegewijde vriend, en Raymond Walker, zijn jeugdvriend.

Aan Nancy A. Lemke, de moeder van James Lemke, bedankt voor het delen van uw tijd en indrukken met mij.

Op het web wil ik graag mijn dank uitspreken aan Barbara Deane, Gwen Richardson en Jaymie Frederick, Deanna Shlee Hopkins, Bill Crumlett, Arthur Davis, Mike Lerp, Bill Ervin en leden van de Thundering Third.

Dankbaarheid aan Tom Fickling, James Baird en Glen Randall van de Sigma Chi-broederschap en Debbie Purifoy en Lynn Frunzi McColl van de Universiteit van Alabama. En aan Jim Grant, directeur communicatie van de Kent School, voor zijn hulp en de heerlijke lunch waar ik tijdens mijn bezoek op werd getrakteerd.

Mijn dank gaat uit naar JP Cobleigh, Barbara Young en Monica Monterroso.

En een speciale dank aan Charlie Spicer, Dorsey Mills, John Rounds en Richard Onley van St. Martin's Paperbacks voor hun enthousiasme, steun en geduld, en aan mijn agent, de geweldige Madeleine Morel.

HOOFDSTUK EEN

Netjes gekleed in een sportjas en stropdas, liep Adam Lenkin in een rustig tempo langs de met glas omsloten luchtweg van de Hall of Nations van het Kennedy Center, zijn dikke vingers omhelzend de tere hand van zijn vriendin, Athena.

Vlaggen van elk land stonden in de belangstelling toen het paar over de pluche rode loper van de muziekzaal stapte en het River Terrace op stapte om te genieten van het adembenemende uitzicht op de Potomac-rivier.

De bedwelmende geur van de milde nachtlucht was een magische mix, dacht Adam, van Athena's bedwelmende parfum en de frisse waterstraal van de rivier die zachtjes onder hen kabbelde. Het zomerseizoen was nog enkele weken verwijderd en eerder was de thermometer opgelopen tot een zwoele 85 graden. Maar tegen het vallen van de avond was het bijna twintig punten gezakt, en de dunne laag nevel die een groot deel van de dag over de hoofdstad hing, was uitgegroeid tot een dichte paraplu van laaghangende wolken, waardoor een groot deel van het panoramische uitzicht op het balkon werd verduisterd.

Het was fijn om Athena dit weekend in de stad te hebben, dacht Adam terwijl hij haar naar zich toe trok en over haar schouder naar de glinsterende witte lichten van de Memorial Bridge in de verte keek. Haar baan als stewardess voor American Airlines zorgde ervoor dat ze tussen haar huis in Dallas, Texas, en alle punten in de Verenigde Staten moest reizen, maar haar drukke vluchtschema was vaak in strijd met zijn eigen zakenreizen. Als sportmakelaar voor een aantal van de meest getalenteerde spelers van de Professional Golf Association, reisde Adam voortdurend naar toernooien in Florida, Texas en Californië, waar hij winstgevende endossementdeals bemiddelde voor de golfers die hij vertegenwoordigde.

Toen hij de trap afdaalde naar de Plaza Lobby van het uitgestrekte kunst- en amusementscentrum, richtte Adam zijn aandacht op de menigte die ronddoolde. Een zachte wind blies van de rivier toen hij en Athena de spectaculaire concertzaal verlieten en op weg waren naar de drukke parkeerplaats. Terwijl ze over het cementpad liepen, pratend over de muzikale uitvoering waarvan ze zojuist hadden genoten, werden ze getrakteerd op een laatste nummer door het Sonny Sumpter Quartet, dat hun gratis openluchtconcert aan het afronden was.

Galant opende Adam het portier van zijn gepolijste Toyota 4-Runner for Athena en hielp haar in de passagiersstoel. Een zwakke bries deed de lokken van zijn dunner wordende haar in de war raken toen hij om de sportwagen heen liep en naast haar stapte. Hij wierp een blik in zijn achteruitkijkspiegel en wierp nog een laatste blik op de uitgestrekte witte cementstructuur totdat deze in het zwart van de nacht vervaagde. Het paar voegde zich bij de Rock Creek Parkway en ging op weg naar Adams huis, een route die hem de afgelopen vijf jaar zo vertrouwd was geworden dat zijn auto bijna vanzelf reed.

Na een korte rit verliet Adam de smalle tweebaansweg die kronkelend langs de Potomac slingert, aandachtig luisterend terwijl Athena enthousiast praatte over het muzikale optreden van de avond. In een mum van tijd leek hij Foxhall Road in te slaan, een van de meest prestigieuze adressen in Washington, en nog geen stratenblok verwijderd van zijn huis aan Reservoir Road.

De straatlantaarns van de noordwestelijke wijk waren pas geschilderd en de kersenbomen langs de modieuze straat stonden in volle bloei. Hoewel het gebied slechts enkele minuten verwijderd was van de drukte van de hoofdstad, leken de statige eengezinswoningen met hun met gras begroeide voorgazons en oprijlanen meer op een chique buitenwijk dan op een stedelijke metropool.

Toen hij naar het dashboard keek, zag hij dat de digitale klok 22:59 uur aangaf. Het was de gebruikelijke stijl van Adam om te suggereren dat ze in Georgetown zouden stoppen voor een drankje en een late night snack in een van de trendy cafés in de buurt. De bruisende binnenstad was een populaire ontmoetingsplaats voor studenten van de Georgetown University en de zusterschool Mount Vernon College, en het was een van de belangrijkste redenen dat Adam zijn huis in de aangrenzende Palisades-sectie had gekocht.

Bewoners van zijn chique buurt vonden het een luxe om op enkele minuten afstand van het coolste winkelgebied van de stad te wonen en tegelijkertijd omringd te zijn door prachtige huizen met garages voor meerdere auto's en ruime achtertuinen. Maar het werd al laat en hij en Athena besloten er een eind aan te maken.

Toen hij de kruising van Kenmore Street passeerde, trapte Adam behoedzaam op zijn rem om een langzame bocht naar Reservoir Road te maken. Maar de aanblik van knipperende rode lichten en de schimmige gestalte van een geüniformeerde politieman die hem opdroeg te stoppen, deden hem schrikken. Terwijl hij het tafereel aftastte, zag hij brede banen gloeiende gele "CRIME SCENE"-tapes over de drukke tweebaanslaan. Sinds hij bijna vijf jaar eerder naar de buurt was verhuisd, had Adam nog nooit een politieagent in de buurt gezien en hij vond de aanwezigheid van de agent en de barrière zelf zowel angstaanjagend als onheilspellend. Hij reikte naar de elektrische bediening en opende het raam aan de bestuurderszijde. "Wat is er aan de hand, agent?" Adam richtte zijn vraag aan een gespierde politieagent die bij een patrouillewagen stond die schuin aan de overkant van de weg geparkeerd stond, het dak slingerde met rode waarschuwingslichten.

Visioenen van een terroristische overname vervulden de geest van de dertiger terwijl hij de pezige, donkerharige officier de Toyota zag naderen. Hij had zich vaak afgevraagd wat de gevolgen waren van het kopen van een huis zo dicht bij de Duitse ambassade en had zelfs verschillende Tom Clancy-scenario's in zijn verbeelding nagespeeld.

Het feit dat hij woonde in wat wetshandhavers beschouwden als een van de veiligste delen van Washington, DC, nam niet de angst weg die hij had elke keer dat hij een van de particuliere beveiligingsauto's van de ambassade zag patrouilleren op het heuvelachtige terrein aan de overkant van de straat. huis. De onheilspellende aanwezigheid van gewapende bewakers, in combinatie met het leven in de nabijheid van het Witte Huis, maakte zijn zorgen bij uitstek logisch voor hem. Nu, oog in oog met een politieblokkade, vroeg Adam zich af of zijn wildste fantasieën niet werkelijkheid werden.

'Deze weg is afgesloten,' brulde de jonge patrouilleofficier.

'Ik woon hier in deze straat,' schreeuwde Adam door het open autoraam. "Wat is er gebeurd?"

"Je zegt dat je hier in dit blok woont?" zei de officier. 'Waarom ga je dan niet rond en kom je de andere kant op het Reservoir op?'

Het was niet Adams stijl om aan een eis in te willigen, maar hij dwong de officier tot gehoorzaamheid en zette zijn voertuig gehoorzaam in op Foxhall Road, terwijl noties van bommeldingen en gijzelingsonderhandelingen door zijn verbeelding schoten.

Zijn geest raasde. Hij dacht eerst aan zijn jonge huisgenote, Carrie, een rustige vrouw uit een buitenwijk die zich voortdurend zorgen maakte over de verontrustende misdaadcijfers in de hoofdstad. Is ze al thuis? Zo niet, wat zal ze dan denken als ze vanavond terugkomt en een volwaardige politiebarricade voor haar huis aantreft?

Adam sloeg rechtsaf de MacArthur Boulevard in en haastte zich door de slaperige woonstraat met laaghangende flatgebouwen, geobsedeerd door de vreemde en onverklaarbare situatie die zich nu in zijn blok afspeelt.

"Wat denk je dat er gebeurd is?" Hij wendde zich tot zijn vriendin en slikte moeilijk.

'Ik kan me niet voorstellen wat er had kunnen gebeuren,' antwoordde Athena, terwijl ze recht voor zich uit staarde terwijl ze een oud marinefort passeerden en een onbelemmerd uitzicht op het stuwmeer aan hun rechterkant. Ze remden af voor het stoplicht en zagen de medewerkers van het tankstation aan de overkant dat de hele nacht openstonden op het trottoir staan en zich inspannen om de drukte net op de weg te zien.

Toen ze de scherpe hoek omsloegen, werden Adam en Athena begroet met flitsende karmozijnrode en witte noodlichten. Adams blik werd onmiddellijk getrokken naar de kleine kring van journalisten die zich op het trottoir verzamelden en de dikke stroken plakband die vlak voor zijn huis op de brandkraan waren bevestigd. Zich realiserend dat hij geen toegang kon krijgen tot zijn eigen oprit, sloeg hij snel rechtsaf een plaatselijke zijstraat in, gooide de Toyota in PARK en trok hard aan de noodrem om ervoor te zorgen dat het voertuig niet de steile helling van de straat afrolde en in de draadpoort die het reservoir eronder omcirkelde.

De gedrongen jonge advocaat greep Athena's hand en haastte zich terug naar Reservoir Road. Tot zijn schrik zag hij een groep nieuwsgierige toeschouwers op de stoep staan vlak voor het huis van zijn buurman.

"Wat gebeurd er? Wat er is gebeurd?" hij richtte zich tot iedereen die hem zou kunnen antwoorden.

'Er is geschoten', reageerde een jonge vrouwelijke verslaggever.

Een schietpartij op zijn blok? Adam was stomverbaasd. Hoe kan dit zo zijn?

"Een schietpartij?" herhaalde hij luid. "Wie is er neergeschoten?"

"De vrouw die in dat huis woont." Ze wees met haar vinger naar de rode bakstenen woning met de hoge witte pilaren die drie deuren van Adams huis verwijderd was.

Dat was Jeremy Akers' huis, dacht Adam.

"Wie heeft er geschoten?" Adam hield vol. "Is er iemand vermoord?"

"De man heeft zijn vrouw neergeschoten",

antwoordde de verslaggever, uitdagend kijkend naar Adam om zijn reactie te zien.

"Vrouw?" Adam herhaalde haar bericht op een vragende, niet-begrijpende toon.

Hij woonde al bijna vijf jaar bijna naast deze man, had hem tientallen keren de straat op en neer zien joggen, had ontelbare middagen uit het raam naar hem gekeken om hem te zien fietsen met zijn twee jonge kinderen. Hij had hem nog nooit met een vrouw gezien en had geen idee dat hij zelfs maar getrouwd was. Adam had net aangenomen dat hij nog een van de snelgroeiende aantallen alleenstaande vaders was die hij kende en die hun kinderen alleen opvoedden omdat ze weduwe of gescheiden waren.

Toen hij enkele maanden eerder kort met Jeremy had gesproken tijdens een informele ontmoeting op de stoep - het eerste gesprek dat ze ooit hadden gehad in vijf jaar dat ze drie deuren bij elkaar vandaan woonden - herinnerde Adam zich dat hun gesprek hem min of meer afstootte. Hij gaf niet veel om de 'manier' van de deftige, maar starre, eigenzinnige heer uit het zuiden.

"Hij schoot zijn vrouw neer. In het bijzijn van de kinderen,' sprak de stem van een bariton-krantenverslaggever onpartijdig, Adams herinnering onderbrekend.

"In het bijzijn van de kinderen?" Adam kneep in Athena's hand terwijl hij het gruwelijke nieuws herhaalde.

"Hebben ze hem in hechtenis genomen?" vroeg

Adam, niet gelovend wat hij hoorde.

"Waar zijn de kinderen nu?" Athena onderbrak.

'Ze zijn bij een buurman,' antwoordde de verslaggever, zijn stem bijna overstemd door het gekraak van de portofoon op het dashboard van de nabijgelegen politieauto.

'Ze weten niet waar de man is', bracht een tweede verslaggever het schokkende nieuws. "Hij schoot haar neer, sprong in zijn vrachtwagen en vertrok."

De gedachte aan Jeremy die door de stad zou rijden met een geladen vuurwapen deed Adam rillen.

"Welke buurman heeft de kinderen?" vroeg Athena, terwijl ze toekeek hoe de vrouwelijke verslaggever haar arm opstak en naar het huis wees, direct rechts van de plaats delict. Het wankelende huis van rode baksteen waarnaar de verslaggever verwees, leek op Jeremy's huis, afgezien van de dure, met de hand beschilderde tegels die de trappen aan de voorkant sierden.

Dat is het huis van Peter en Christy, dacht Adam. Hij wist dat de families een gemeenschappelijke oprit deelden en dat Peter en zijn vrouw kinderen hadden van dezelfde leeftijd als de Akers-kinderen. Hij herinnerde zich zelfs iets te hebben gehoord over al hun kinderen die naar dezelfde privéschool gingen.

Het tafereel in Peters huis moet onuitstaanbaar zijn, stelde Adam zich voor, niet in staat om de emotionele toestand van de twee jonge Akers-kinderen te verzoenen die getuige waren van het feit dat hun vader hun moeder neerschoot en hem vervolgens in een waanzinnige woede zien opstijgen.

Nog angstaanjagender was het idee dat deze gek gewapend door de stad reed, vastbesloten wie wist wat voor soort vernietiging.

HOOFDSTUK TWEE

Het gerinkel van de telefoon verbrak de stilte van de nacht. Bill Ranger ging abrupt rechtop in bed zitten en nam even de tijd om zich te oriënteren. Het was nog niet zo laat, omstreeks 11.30 uur, maar hij was ongewoon vroeg naar bed gegaan, vooral voor een zaterdagavond.

Het was niet Bills gewoonte om de telefoon op te nemen, dus zoals gewoonlijk liet hij de machine opnemen. Te vaak bleek de beller een oude vriendin te zijn die nog een laatste poging deed om de bevestigde vrijgezel te beteugelen. De tweeënvijftigjarige marinereservist zat in het donker te luisteren, wilde eigenlijk niet uit bed komen en was nog wazig van de diepe slaap die hem had omhuld. Maar de bekende bariton aan de andere kant van de lijn deed hem opschrikken, vooral toen hij de woorden hoorde: "Ik wil begraven worden op Arlington Cemetery."

Hij gooide de dekens van zich af, sprong uit bed en pakte de hoorn op. Tegen de tijd dat hij door de kamer liep, had de machine een stevige minuut van de hectische tirade opgenomen.

"Akers!" Ranger blafte in de telefoon. "Waar heb je het over?"

"Ik heb Nancy neergeschoten."

De woorden van zijn vriend raakten hem als een vuist in de borst. Zijn eerste reactie was dat wat hij hoorde onmogelijk waar kon zijn.

"Dit is echt een slechte grap," verklaarde Ranger.

Terwijl hij de woorden uitsprak, trok zijn maag samen. Hij wist heel goed dat Jeremy Akers geen grappenmaker was.

Twintig jaar lang hadden Bill Ranger en Jeremy Akers in dezelfde kringen gereisd, dezelfde feesten bijgewoond en met dezelfde mensen omgegaan. Een wederzijdse vriend had hen meer dan twintig jaar eerder voorgesteld. Zodra Jeremy hoorde dat Bill als dienstplichtige zeehond in Vietnam had gediend, besloot hij hem tot zijn selecte vriendengroep te rekenen. Wat Jeremy betreft, waren er twee soorten mensen: zij die hun land hadden gediend en zij die dat niet hadden gedaan. Ranger vond Jeremy altijd een echt zwart-wit type. Of hij vond je leuk, of niet, en hij maakte er geen doekjes om het je te vertellen als hij dat niet deed. Toen hij het over Jeremy had, kwamen er onmiddellijk vier woorden bij Ranger op: intens, kritisch, kritisch en loyaal.

'Nee, ik meen het,' drong Akers aan op dezelfde lage toon, zijn Alabama-traagheid nog steeds dik, zelfs na twintig jaar in Washington, DC. 'Ik heb Nancy vermoord. Ik heb haar neergeschoten."

Toen hij de naam van Nancy Richards Akers

hoorde, kreeg hij nog meer maagkrampen. Terwijl hij en Akers al twee decennia vrienden waren, had Bill de vrouw ontmoet die zelfs eerder de vrouw van zijn vriend was geworden. Hij had gestudeerd aan de Universiteit van Georgetown en zat op de Foreign Service-school, toen hij de mooie, donkerharige studente van Mt. Vernon College voor het eerst ontmoette. Ze was een vaste klant in Clyde's of Georgetown, een populaire taverne die door studenten van beide scholen werd bezocht, en waar Bill parttime als ober werkte. Hij herinnerde zich dat ze na de zondagse brunch vaak langskwam om haar kamergenoot op te halen, een gastvrouw in het M Street-restaurant met wie hij een korte tijd had gedate. Het was een verrassend toeval geweest toen zijn nieuwe vriend Akers met zijn jonge bruid op een feestje verscheen en Ranger ontdekte dat hij haar al kende.

Jeremy en Nancy waren aan elkaar voorgesteld toen ze allebei op Capitol Hill werkten - hij als advocaat voor het ministerie van Justitie, zij als speechschrijver voor een Amerikaans congreslid, Sam Ervin uit North Carolina. Beiden hadden hun carrière voortvarend voortgezet, waarbij Jeremy een gerespecteerde milieuadvocaat werd die het hele land door reisde om opruimingssites voor giftig afval en olielozingen van Superfund te onderzoeken, en Nancy die de uitgeverswereld verblufte met haar succes als auteur van meer dan een dozijn stomende romantische romans.

Hoewel Ranger dol op hen beiden was, was

het hem altijd opgevallen hoe goed het paar het oude gezegde 'Tegengestelden aantrekken' demonstreerde. Hij zag Nancy als een bohemien, lief en verzorgend maar met een heerlijk gevoel voor stijl. Maar haar vrijgevochtenheid verloochende haar roots als een societymeisje dat zelfs had 'debuut' op een coming-outfeest dat door haar grootouders werd georganiseerd. Jeremy kwam ondertussen van bescheiden middelen. Hoewel hij van zijn familie hield en vaak naar huis terugkeerde naar Alabama, merkte Ranger op dat hij duidelijk de voorkeur gaf aan dat deel van zijn leven dat onbekend was. Hij wilde niet gezien worden als de 'goede oude jongen' uit het Zuiden, maar liever erkend worden als afgestudeerde van de University of Virginia's School of Law, en een succesvolle advocaat in Washington.

Jeremy was volkomen onverschrokken en als jonge man jaagde hij op alligators voor de sport. Hij was onderscheiden voor moed in Vietnam en ontving de Silver Star - de op twee na hoogste onderscheiding die aan een marinier wordt verleend. Nancy was de zachtaardige vredestichter, terwijl Jeremy tot het einde zou vechten als hij geloofde dat hij gelijk had - zelfs als dat betekende dat hij zichzelf en anderen in gevaar bracht.

Maar als iemand die nooit getrouwd was, vond Ranger dat hij niet in een positie verkeerde om de geschiktheid van het paar te beoordelen. Bovendien had hij in de loop der jaren veel tijd met de Akersen doorgebracht, en hij had ze altijd met elkaar verenigbaar gevonden, tenminste voor zover hij kon zien.

Hij vond de hele bizarre bekentenis van zijn vriend nog steeds moeilijk te geloven en besloot te schakelen.

'Oké, Akers,' zei hij, in de hoop dat zijn nuchtere toon 'de echte waarheid' naar voren zou brengen, waarvan hij verwachtte dat het een verwerping van de gruwelijke bekentenis zou zijn. "Wat heb je gedaan - en hoe lang geleden?"

'Ongeveer dertig minuten geleden,' antwoordde Jeremy droogjes.

Het gesprek begon voor Bill onwerkelijk te worden. Maar langzaamaan begon hij te geloven dat zijn maat echt de waarheid zou kunnen spreken.

Een visioen van wat er had kunnen gebeuren begon zich in zijn geest te vormen. Hij wist dat Nancy haar familie had verlaten en dat Jeremy er kapot van was dat ze snel bij een andere man introk die meer dan twintig jaar jonger was dan hij. Het feit dat de indringer een vrachtwagenchauffeur was - iemand die Jeremy zowel beneden hem als zijn vrouw beschouwde, en een slechte invloed op zijn kinderen had - had zijn woede tot woede doen escaleren. Toch geloofde Ranger dat Akers een manier had gevonden om met het trauma om te gaan. Nancy had hem in oktober verlaten en het was nu 5 juni 1999.

Hij herinnerde zich de dag dat zijn vriend hem het nieuws had verteld. Het was net als elke andere dag dat 'Popeye' - zijn bijnaam voor Akers vanwege het compacte, gespierde gestalte van de voormalige marinier - hem neersloeg.

Ranger ging ervan uit dat Akers, zoals gewoonlijk, op zoek was naar een joggingpartner. In plaats daarvan vertelde de blik op zijn gezicht hem meteen dat er iets anders aan de hand was.

Akers leunde in de auto zodat zijn gezicht een paar centimeter van dat van Ranger verwijderd was. Het was een van zijn gewoonten die de meeste mensen verontrustend vonden - dat, en de gouden oogtand waar Jeremy zo trots op was. 'Nancy heeft me verlaten,' zei hij.

Ranger kon zien hoe gebroken Jeremy was toen hij zijn frustratie en woede uitspuwde. Maar het meest in het oog springend was zijn volslagen ongeloof. 'Niemand verlaat me,' gromde hij.

Dat was acht maanden eerder, en hoewel hij er obsessief over had gepraat, nam Ranger gewoon aan dat Jeremy een manier vond om ermee om te gaan.

Nu, geconfronteerd met deze bizarre bekentenis, begon Ranger zich af te vragen of Akers Nancy echt had vermoord. Hij stelde zich een scenario voor in het krappe appartement met één slaapkamer dat Nancy en haar nieuwe minnaar Jim samen hadden genomen - ironisch genoeg, slechts een paar straten verwijderd van het elegante huis in federale stijl van rode baksteen waarin Jeremy en Nancy bijna vijftien jaar hadden gewoond van hun huwelijk.

"Wat heb je gedaan, naar het appartement gaan?" vroeg Ranger, zijn woorden voorzichtig kiezend.

"Nee nee. Het was voor het huis, en het spijt me

alleen dat ik hem niet heb gekregen."

Ranger wist meteen over wie hij het had.

"Ik wilde ze bij elkaar krijgen, en ik ben teleurgesteld dat ik dat niet kon."

'Ik heb haar voor het huis neergeschoten,' vervolgde hij, zijn stem onwankelbaar terwijl hij het macabere scenario aan zijn vriend beschreef. "Ze zat in de auto."

Plotseling kwam er een andere gedachte bij Ranger op. "Waar waren de kinderen?"

'Op de trap van de veranda,' antwoordde Jeremy.

Rangers hart stopte. "Dat meen je niet."

Net als iedereen die hem kende, wist Ranger hoeveel Jeremy dol was op zijn twee zonen, Finny en Zeb, en zijn dochter, Isabelle. Hij nam ze overal mee naar toe: naar het park, op wandelingen, naar Alabama om zijn familie te bezoeken, elke kans die hij kreeg. Omdat beide herenhuizen zich in dezelfde buurt bevonden, moest Ranger elke keer dat hij naar wat hij gekscherend zijn 'blauwe kraag Safeway' noemde, de residentie van Akers passeren. En zowat elke keer dat hij langskwam, zag hij de vierkante schouders, vijf voet, zeven inch voormalige marinier op het gazon aan het spelen met zijn kinderen. Als ze niet bezig waren met een energiek spelletje frisbee, zouden ze ravotten met de rottweiler van het gezin of op hun fiets klimmen voor een ritje naar het nabijgelegen park.

Maar er was iets vreselijk misgegaan.

Bill dacht weer dat het hele griezelige verhaal een hoax moest zijn. De bewering van Akers dat de kinderen vooraan stonden tijdens de aflevering die hij beschreef, was gewoon te vreemd om serieus te worden genomen.

Hij herinnerde zich zelfs dat Akers iets zei over een hoorzitting die pas over twee weken zou plaatsvinden. Hij wist het niet zeker, maar hij geloofde dat de bijeenkomst bedoeld was om de voogdij over de twee minderjarige kinderen vast te stellen. In hun twintigjarige vriendschap had Jager nooit geweten dat Akers ergens bang voor was. Het mogelijke verlies van zijn kinderen was het eerste waar hij ooit met angst op had gereageerd.

"Breng me hier weer doorheen." Ranger wreef over de gespannen spieren van zijn voorhoofd. "Laten we bij het begin beginnen."

'Ik deed het in de straat, met de kinderen op de veranda,' herhaalde Jeremy op dezelfde nuchtere toon.

"Dat is gewoon ongelooflijk - dat je het deed in het bijzijn van de kinderen."

'Dit is een heel slechte grap,' verklaarde Ranger ten slotte nadat het gesprek bijna twintig minuten had geduurd. Hij hoopte nog steeds dat zijn vriend een verhaal aan het verzinnen was, maar zijn houding veranderde langzaam van shock en ontkenning naar een meer sombere, contemplatieve toestand. Even zweeg hij, terwijl hij worstelde om zich voor te stellen wat zo'n extreme reactie had kunnen veroorzaken.

'Ze heeft me verlaten, en ik kan er niet tegen dat ze me heeft verlaten', zei Akers met een diepe, prozaïsche stem tegen zijn vriend. "Vanavond in de auto probeerde ik haar nog een kans te geven, maar ze zei nee."

Honderd gesprekken die hij met Akers had gevoerd, speelden zich af in de geest van Ranger. Maandenlang had hij tijdens hun regelmatige joggen van vijftien mijl rond het nabijgelegen stuwmeer geluisterd naar de tirades van Akers tegen zijn vrouw. Dat ze hem in de steek liet, vooral voor een andere man, druiste in tegen alles waar hij in geloofde als een religieus christen, opgegroeid in een achterland in het noorden van Alabama, waar traditionele waarden werden vereerd. De cultuur die Jeremy gevormd had, bleef een groot deel van hem. Ranger wist dat zijn vriend het onmogelijk vond om in het reine te komen met een ontrouwe vrouw.

'Akers, je maakt me bang. Heb je dit echt gedaan?" Ranger hield aan en zijn schrik sloeg om in woede. "Je ego stond in de weg. Denk aan Zeb en Isabelle. Wat gaat er met hen gebeuren?"

Alles, besefte hij, liep uit de hand. Akers sprak vanuit een omgekeerde wereld. Als hij zijn vrouw had vermoord in het bijzijn van de kinderen, wat zou hij dan gaan doen? Jeremy was een los kanon, en dit beangstigde zelfs de kalme, koele Ranger.

'Laat me je alsjeblieft komen halen,' smeekte Jager. "Waar ben je?"

Akers' antwoord deed zijn bloed stollen. "Het is te laat. Ik ga niet naar de gevangenis. Ik ga op een nieuwe en andere reis."

'Ik denk dat je in dit stadium waarschijnlijk

krankzinnig bent en dat je voor krankzinnigheid kunt pleiten,' antwoordde Jager.

'Als advocaat,' antwoordde Jeremy kalm, 'weet ik dat dat niet zou werken.'

'Laat me je komen halen,' drong Jager aan. "Vertel me gewoon waar je bent."

Toen Akers weigerde te antwoorden, probeerde Ranger het over een andere boeg. "Wat gaat er met de kinderen gebeuren?"

"De buren zullen voor ze zorgen." Akers doelde op een echtpaar dat naast hem woonde op Reservoir Road. "Ik hoop alleen dat wat ik heb gedaan Chrissy niet van streek maakt."

"Chrissie?" Ranger was verbaasd. Over wie de duivel had hij het?

'De vrouw van de buren', reageerde Akers. 'Ze is acht maanden zwanger. Ik hoop dat wat ik heb gedaan geen negatieve invloed heeft op de baby."

Ranger was sprakeloos. Dat zijn vriend zich nu zorgen zou maken over het ongeboren kind van zijn buurman, was moeilijk te doorgronden, gezien wat hij zojuist had toegegeven.

'Ik ga je het nummer van mijn ouders geven,' ging Akers verder. "Maar bel ze niet, want ze zijn oud."

Nu Jeremy zijn familie had genoemd, realiseerde Ranger zich dat hij niet wist hoeveel broers en zussen zijn vriend had. Maar daar had Akers ook aan gedacht.

"Ik heb een oudere broer en een jongere zus", legt Akers uit. "WT en Carolyn."

"Waar zijn je medailles en je dienstjas?" vroeg

Ranger.

'Als je binnen kunt komen,' antwoordde hij, 'is er boven een envelop met achtentwintighonderd dollar contant voor de kinderen. En nu we het toch over de kinderen hebben, ik reken erop dat je het ze uitlegt en ze vertelt dat ik van ze hou." Ranger hoorde de toon van de stem van zijn vriend zachter worden toen hij de kinderen noemde.

De sombere Jeremy voegde eraan toe: "Ik hou van mijn land, maar ik kon gewoon niet leven met de schaamte dat mijn vrouw me verliet."

Toen herhaalde Akers de woorden die hij vele malen tegen zijn vriend had gezegd, dat hij begraven wilde worden in Arlington. Ranger luisterde aandachtig. Hij wachtte. Hij wilde meer informatie. In navolging van de kalme toon van Akers besloot de gedecoreerde marineofficier strategisch te werk te gaan. 'Oké, Akers, ik zal je verzoek honoreren, maar waar vind ik het lichaam?' informeerde Ranger, denkend dat als zijn vriend in de buurt was, hij hem kon bereiken voordat het te laat was.

Maar Jeremy antwoordde: 'Ik ga het je niet vertellen. Die verantwoordelijkheid wil ik je niet geven."

Ranger zei nogmaals: "Laat me je komen ophalen."

Hij merkte meteen dat Akers angstig werd.

"Ik moet zaken gaan doen."

'Jeremy, ik smeek je dit niet te doen. En ik smeek nergens om."

Hij hoopte dat het tonen van zijn urgentie

effectiever zou zijn dan de andere trucs die hij had geprobeerd.

'Je bent een goede vriend, Jager,' zei Akers. "Ik moet gaan."

Toen Ranger hem opnieuw begon te smeken om naar de rede te luisteren, hoorde hij zijn vriend zeggen: "Tot ziens."

Het volgende wat hij hoorde was een kiestoon.

* * *

In paniek drukte Ranger op *-6-9 op zijn draadloze telefoon. Zijn hart kromp ineen toen hij het nummer dat hij had gekregen niet herkende, vooral omdat het netnummer 202 aangaf dat Jeremy in de buurt was en vanuit Washington belde.

Ranger sloeg 9-1-1 binnen.

Een vrouwenstem antwoordde. "Negen-een-een. Waar is uw noodgeval?"

'Een vriend van mij heeft volgens mij net zijn vrouw vermoord en staat op het punt zelfmoord te plegen,' meldde Ranger, die moeite had om zijn stem in bedwang te houden. 'Hier is het nummer waar hij vandaan belt.'

"Wat is zijn adres?" vroeg de telefoniste methodisch.

Intense frustratie steeg als een golf in Ranger op. Haar medewerking proberen te krijgen, dacht hij, was als het trekken van tanden uit een kip. 'Nee, hij belt niet vanuit huis. Hij belt met dit nummer en als je dit nummer meteen kunt traceren, kun je hem misschien vinden.'

"Prima. Bedankt."

Toen hij de klik hoorde die hem vertelde dat ze had opgehangen, bereikte zijn ergernis een ondraaglijk niveau. Hij hield de hoorn van de draadloze Sony nog steeds vast en rende door zijn huis naar de oprit.

Hij sprong in zijn auto en snelde de kwart mijl van zijn eigen huis naar Jeremy's, in dezelfde straat. Reservoir Road was een onwaarschijnlijke plaats om een misdaad te plegen. Het was de thuisbasis van verschillende ambassades, waaronder de Franse ambassade en de Duitse ambassade. Hoewel de politie de wensen van de welgestelde bewoners respecteerde en ervoor zorgde dat ze niet voor de hand liggend waren, waren ze waakzaam over het handhaven van de orde in dit spraakmakende deel van het District of Columbia.

'Ik weet dat Akers geen flauwekul is,' dacht hij, terwijl hij het stuur grimmig vastgreep. "Misschien is er een kans, een kans van vier komma twee procent, dat dit niet is gebeurd."

Maar toen hij de elegante rode bakstenen woning van de Akersen naderde, vertelde het flikkeren van noodverlichting hem anders.

Reservoir Road was volledig afgezet. Politieauto's stonden opgesteld en blokkeerden de straat zodat niemand het huis kon naderen. De noodverlichting, wervelend vanaf de daken, wierp een griezelige gloed over de chique buurt. De geüniformeerde politie en rechercheurs in burger die rondliepen, vormden een merkwaardig contrast met de waardige Duitse ambassade aan de overkant van de straat van het huis van zijn vriend.

Het drama van het tafereel werd nog versterkt door het feit dat de ambassade een eigen barricade had opgericht. Het uitgestrekte stuk grond waarin het moderne gebouw met meerdere verdiepingen was gehuisvest, werd van de straat afgeschermd door een hoog, onheilspellend ijzeren fort. Het werd als vreemde bodem beschouwd en geüniformeerd Duits veiligheidspersoneel bewapend met machinegeweren had de opdracht gekregen om een barricade voor de kanselarij op te richten. Ook zij hadden de schoten gehoord en hun onmiddellijke reactie was geweest om in de hoogste alertheidsmodus te gaan en de buitenlandse ambassade te verdedigen voor het geval de schietpartij een veiligheidsrisico zou blijken te zijn. Ranger had plotseling het gevoel alsof hij in een Fellini-film was gekatapulteerd.

Hij wist meteen dat het ergste waar was. Akers had het ondenkbare gedaan. Hij had echt zijn vrouw vermoord.

* * *

Sergeant Michael Farish van de Metropolitan Police was op nog geen 800 meter afstand aan het patrouilleren in de modieuze straten van het centrum van Georgetown, toen de noodoproep 'Schots afgevuurd!' knetterde over zijn radio. Toen hij op de digitale klok op het dashboard van de auto keek, had hij opgemerkt dat het precies 22:27 uur was

"Eenheden reageren op het 4600-blok van Reservoir Road", zond de onstoffelijke stem van de politie-dispatcher de locatie uit toen Farish zijn hand uitstak om zijn sirene in te schakelen.

"Ben ermee bezig!" De negenendertigjarige rechercheur greep de microfoon en riep in de hoorn. Hij was op Wisconsin Avenue in noordelijke richting terug naar het stationsgebouw geweest, aflopend nu er nog minder dan veertig minuten over waren van zijn avondtour. Hij wist dat de uitzending gericht was op agenten van de patrouille-eenheid, maar de aard van de oproep en het feit dat het incident in zijn district had plaatsgevonden terwijl hij de leiding had, spoorden hem aan om te reageren.

Hij trapte hard op de rem van zijn Ford Crown Victoria en gaf een ruk aan het stuur van zijn ongemarkeerde auto, waarbij de banden gierden. Hij deed het wervelende rode lampje op het dashboard aan, ging scherp naar links en versnelde in westelijke richting in de richting van Reservoir Road.

De ervaren rechercheur had al het gevoel dat dit telefoontje meer zou worden dan een routineonderzoek. Het was niet elke dag dat de woorden 'schoten afgevuurd' op de radio kwamen, althans niet voor deze locatie. Terwijl te veel buurten van Washington DC doorzeefd waren met misdaad, was het chique Palisades-gedeelte van Georgetown zelden het toneel van misdaden die meer bedreigend waren dan jaywalking. Een oproep als deze zou ongetwijfeld veel aandacht trekken van de hogere kringen op zijn afdeling, om nog maar te zwijgen van de media.

Farish drukte zijn voet op het gaspedaal en hoorde een tweede bericht over zijn radio knetteren. 'Kind, elf jaar oud, is alleen in huis,' kondigde de onstoffelijke stem aan.

'O, god, alsjeblieft niet die jongen, eikel,' dacht hij.

De sergeant ging de Reservoir Road op, haalde hem in en stopte zijn voertuig achter een geüniformeerde patrouillewagen die op weg was naar de plaats delict. Met een geoefend oog speurde hij het idyllische tafereel af, met zijn verzorgde gazons en keurig gesnoeide struiken, terwijl hij op zoek was naar tekenen van verstoring. Zijn aandacht werd onmiddellijk getrokken door de brandweerwagens die halverwege het blok tot stilstand waren gekomen, naast een laat model Jeep Wrangler. Het voertuig stond in oostelijke richting aan de zuidkant van de drukke tweebaansstraat.

De doorgewinterde onderzoeker, die achter de gepolijste witte patrouillewagen met zijn officiële rode strepen parkeerde, rukte zijn slungelige, twee meter lange frame van het voertuig en haastte zich naar de jeep. Hij herkende de officier in de eerste auto onmiddellijk als sergeant Christopher Saunders van de Special Operations Division, de arm van de Metropolitan Police Department die verantwoordelijk is voor presidentiële zaken zoals colonnes, evenals het beheersen van menigten bij parades en demonstraties. Hij merkte op dat

Saunders nog steeds in uniform was. Pas later hoorde hij dat hij net buiten dienst was en op weg naar huis was toen hij de 'radio run' oppikte, de officiële term van het departement voor een noodoproep, op het radiokanaal van het Tweede District.

Sirenes loeiden uit de brandweerwagens en medische hulpdiensten die naast de jeep waren gestopt toen Farish naderbij kwam kijken. Hij kon zien dat de parkeerlichten nog aan waren en dat het portier aan de bestuurderskant open hing. De straatlantaarn boven het hoofd verlichtte het nummerbord van de Wrangler, de Illinois D810-198, en het lichaam dat onderuitgezakt op de bestuurdersstoel zat en naar de passagierskant leunde.

De levenloze vorm was gekleed in een marineblauw en wit gestreept mouwloos T-shirt en een wijde zwarte broek. Zilveren armbanden omsloten haar roerloze armen. Haar dikke, golvende donkere haar was over haar gezicht gevallen, waardoor het aan het zicht onttrokken was. Farish bekeek het schouwspel met een kalmte die het resultaat was van zeventien jaar bij de Metropolitan Police Department. Hij was als jonge jongen vanuit Philadelphia naar het District of Columbia verhuisd toen zijn vader werd overgeplaatst naar het marinebijgebouw aan de overkant van het Pentagon, en op zijn eenentwintigste kwam hij bij de politie als patrouilleofficier in het derde district. Na het ontvangen van een promotie tot de rang van sergeant, werd Farish overgeplaatst naar de centrale afdeling Moordzaken.

Terwijl hij daar was, werd hij naar de scènes van honderden moorden geroepen, een schouwspel dat zo gruwelijk was dat hij terugdeinsde van afschuw. In een stad die ooit bekend stond om het afhandelen van tussen de driehonderd en vierhonderd moorden per jaar, was Farish dagelijks getuige van wat maar weinig mannen zelfs maar één keer in hun leven bekeken. Zaken als de peuter die werd gedood door een klap op het hoofd met een hamer, en de oudere vrouw die was doodgeslagen voor haar uitkering, hadden hem geleerd het werk in hokjes te verdelen. Hij had geleerd om dode lichamen niet als mensen te zien, maar als een ander bewijsstuk om de misdaad op te lossen.

Instinctief begon hij samen te vatten wat er was gebeurd. Er was zoveel dat hij niet wist over de zaak. Had de schutter de vrouw vanaf het trottoir neergeschoten? Was dit incident een drive-by shooting geweest? Had het iets te maken met de Duitse ambassade aan de overkant?

Hij wist twee dingen heel goed: dat je nooit weet wat je hebt en dat je altijd op het ergste anticipeert. Om zijn twijfels tegen te gaan, had hij ook twee decennia ervaring in een van de hoofdsteden van moordzaken van het land om uit te putten. Hij was opgeleid aan de Basic Investigator School binnen de afdeling, in een geavanceerd moordprogramma in Baltimore, en ook aan de prestigieuze Harvard Associates in Police Science in Virginia.

Nu hij zag hoe de medische hulpdienst worstelde om de vrouw uit het voertuig te trekken, kon hij niet anders dan denken dat er niets was dat iemand kon doen om de kans dat de uitkomst van deze misdaad positief zou zijn, zo groot mogelijk te maken. Er was geen twijfel dat ze dood was.

Farish concentreerde zich op het bloed dat de passagiersstoel van het voertuig doordrenkte, nog zo vers dat het schitterend rood was. Twee lekke banden aan de linkerkant van het hoofd van het slachtoffer betekenden dat er twee schoten waren gelost. De afwezigheid van stippling, een brandring achtergelaten door geweervuur, wees hem erop dat de aanvaller van dichtbij had geschoten. Hij kon zien dat het onderste deel van haar linkeroorlel ontbrak, en grijze hersenmassa, vermengd met bloed, lag in bosjes in haar dikke, golvende, donkere haar.

Ondanks het feit dat deze vrouw duidelijk dood was, waren de EMT-medewerkers druk bezig haar te reanimeren. Ze trokken de zuurstoftanks van de brandweerwagen en plaatsten de ambu-zak over haar gezicht terwijl ze begonnen met de basisreanimatie. Hij zag hoe de technicus een buisje in de luchtweg van het slachtoffer bracht.

"Dit is CR200." De rechercheur hoorde de technicus zijn bevindingen rapporteren aan de coördinator, die de oproep zou opnemen in het officiële politiedossier naast de tijd, 22:39:35. "Let op, het slachtoffer verkeert in ernstige toestand."

Hij kon zien dat er beweging in haar borst en maag was elke keer dat de dokter in de zak kneep, maar merkte geen merkbare tekenen van ademen op. Farish wist dat als het inpakken en comprimeren van het slachtoffer geen resultaat had opgeleverd, extra medisch personeel ter plaatse zou komen om het lichaam op de feloranje brancard te laden en het per ambulance naar het nabijgelegen Georgetown Hospital te vervoeren.